7247

LA
DEFENSE
DE
LA POËSIE,

Et de la Langue Françoise.

Addreſſée

A MONSIEUR PERRAULT,

Par J. DESMARESTS.

A PARIS,

Chez NICOLAS LE GRAS, au troiſiéme
Pilier de la grande Salle du Palais,
à L Couronnée.

Et CLAUDE AUDINET, ruë des Aman-
diers, à la Verité Royale, devant le
College des Graſſins.

M. DC. LXXV.
Avec Privilege du Roy.

PREFACE.

C'Est une chose étrange, & insupportable, que des François qui se sont appliquez à la langue Latine, ou pour l'enseigner, ou pour en faire leurs delices, ayent tellement perdu l'amour & le respect qu'ils doivent à leur Patrie, que pour se faire valoir au dessus de tous les hommes, ils ne cessent de décrier nostre langue, & ceux qui la cultivent, & qui l'ont mise au point de perfection où elle est. Ils composent contr'elle & contre les Poëtes François, des vers si injurieux & si injustes ; qu'il n'y auroit personne en France qui ne les condamnast, s'ils estoient lus, & intelligibles à tous : mais il faut les exposer en François, pour faire voir les raisons dont ils se servent, & pour en faire juger. Car la raison est pour tout peuple & pour toute langue, & est donnée à tous pour juger, sans qu'une langue puisse se prevaloir sur une autre contre la raison.

Pour faire juger ce differend, il a fallu tirer de leur obscurité ces ouvrages Latins, qui passent par la France comme des éclairs, n'estant lus que

par quelques amans des Latins, & estant aussi-
tost laissez parmy la foule des Poësies Latines
anciennes & modernes, où ils demeurent en-
sevelis pour jamais. Pour ne les laisser pas sans
combat, & comme triomphans dans leur cours
passager, j'ay crû que je devois les faire con-
noistre par une fidelle traduction, vers pour
vers, où l'on ne pourra pas m'accuser, ny pour
la force de l'expression de l'Ode, ny pour la naï-
veté de l'Elegie.

Ils devoient se contenter d'exposer leurs ouvrages à qui les pourroit entendre, sans attaquer ny
nostre langue ny nos Poëtes, qui ne pensent
point à les attaquer. Toutefois esperant se re-
hausser en nous abbaissant, ils font des vers
pour décrier nostre langue & nos celebres Autheurs; & ils ont esperé que sur leur plainte on
voudroit au prejudice de nostre langue, remettre
en credit une langue morte, c'est à dire, qui n'a
plus un peuple qui la parle, & qui n'a plus qu'un
reste de vie dans les Colleges, où elle n'est apprise
que pour entendre les livres Latins.

Pour combattre ces hommes indignes du nom
de François, puis qu'ils en méprisent & la langue
& les esprits, je me suis servy de vers libres,
que les Grecs appelloient Dithyrambiques, &
dont ils se servoient pour estre plus libres dans
leurs boutades; & que j'ay crû estre propres pour
battre des Ennemis & pour les poursuivre : car on
ne combat & on ne poursuit pas des Ennemis à pas
reglez & également mesurez. Les Latins n'en ont
point fait : & Horace ne parle des Dithyrambes

que dans l'Ode où il louë Pindare. Plusieurs de nos Poëtes François se servent de ces vers libres dans les Madrigaux, dans les Fables, & dans quelqu'autres Poësies, sans leur donner ce nom que l'Antiquité leur a donné. Nous verrons si nos Latins en feront à l'envy, pour ne pas laisser croire que la langue Latine n'a pas eu la force d'en faire, & s'ils me répondront avec la mesme vigueur, s'ils ne peuvent avec la mesme justice.

GLOIRE A DIEV SEVL

AD SANTOLIUM VICTORINUM.

ODE.

ÆTERNA ESSE PRÆMIA POËTARUM QUI LATINE SCRIBUNT.

NOn, *si carmina Gallicis*
Apte juncta modis, ingeni & artium
   Idem cultor & arbiter
COLBERTUS *meritis muneribus fovet,*
   Romana, ut quereris, lyra
Omnis continuo laus perit & decus,
   SANTOLI. *Neque præmia*
Illum deficient, Virgilio duce,
   Versus persimiles tuis
Quandoque Ausonia qui recinet tuba.
   Nescis ut patrio novam
Sermoni faciem quaque ferat dies?

TRADUCTION

DE L'ODE LATINE

Du Pere COMMIRE, addreſſée à
Monſieur SANTEÜIL, Chanoine
Regulier de S. Victor.

ODE.

*Que les Poëtes en Langue Latine auront un
honneur eternel.*

SANTEÜIL, quelle diſgrace à la noſtre eſt égale,
Puis que le grand appuy des Lettres & des Arts.
COLBERT, de ſes doux ſoins, & de ſes chers re-
gards,
N'honore que les vers de ſa langue natale.
Mais ne nous plaignons pas des caprices du ſort.
Des Lyriques Latins tout l'honneur n'eſt pas mort,
Toûjours auront leur prix les Amans de Virgile,
    Qui marchant ſur ſes nobles pas,
    Comme toy, d'un ſemblable ſtile,
Des Heros de nos jours chanteront les combats.

Des Poëtes François je plains l'ingrate peine.
Tu sçais que le langage, en la changeante Cour,
De quelque mot nouveau se pare chaque jour,
Dont un credule Autheur enfle sa muse vaine.
Mais qu'il sçache qu'un mois à peine s'écoulant,
S'il plaist aux fieres loix de l'usage insolent,
On verra de ses vers la couronne flestrie.

  RONSARD, dans ses doctes chansons,
  N'aguere honneur de sa patrie,
Offense le Lecteur par ses barbares sons.

De sa gloire un François est quelque temps superbe.
De DESPORTES grossier le vers ne se lit plus,
Qui de rente autrefois valut dix mille écus.
Du PERRON est éteint, à peine on lit MAL
HERBE.
DE VOITURE déja s'enfuit d'un viste pas
L'élegance enjoüée avec tous ses appas:
Déja fuit de BALZAC l'éloquence pompeuse.
  Ainsi l'Usage, pour long-temps,
  Montre une haine dédaigneuse
Aux livres honorez d'éloges éclatans.

Nam quas nunc misere anxius
Scriptor quærere amat delicias, brevi
   Vsus si volet insolens,
Spretas rejiciet non sine nausea.
   RONSARDUS *male barbaro*
Molles auriculas murmure vulnerat,
   Dictus Franciacæ Pater
Lingua. Quis modo non unius æstimet
   Assis vendita millibus
Ter denis opici carmina PORTEI
   Et jam PERRONIDE *jaces:*
Jam MALHERBA *tuos Sequana parcius*
   Miratur numeros. Fugit
Laudatus populis VETTURIUM *lepos:*
   Festino & nimium pede
Chartas BALZACII *deseruit Venus.*
   Sic mori placitum improbo
Fastidire, semel quod placuit, diu.
   At certus Latiis honos,
Et vani haud metuens tædia sæculi
   Perstat Gratia Vatibus.
Vivet perpetui Musa SIDRONII
   Puro flumine purior:
Et qui nunc cithara provocat æsculis

Auditas Calabris fides;
Acri nunc litho Mæoniden refert.
  Felix ponere VVALLIUS
Incano duplicem vertice lauream.
  Rident sole sub aureo
Flores nigram hyemem, quos facili manu
  Insevit meus & mero
RAPINUS *nitidos nectare perpluit.*
  Et te fama, RUÆE *, anus*
Tradet postgenitis non humili pede
  Persultantem Isalæ vada
Dum cantu Batavos exagitas duces,
  Et quos Rex gladio ferit,
Æterno calami figis acumine.
  Nec te, FRIZO *, sinet premi*
Obscuro indecorem posteritas situ:
  Cui si me ingenio parem
TURENNI *annuerint dicere prælia, &*
  Rubros sanguine Belgico
Musa BORBONIDAS *; non aliis velim,*
  Obscœni fugiens lucri
Ornari potiùs carmina, præmiis.

J. COMMIRUS. S. J.

Mais des Chantres Latins la source toûjours pure
Pour les siecles futurs les assure d'un prix,
Qui de ce siecle vain ne craint pas le mépris.
Ainsi le pur SIDRON des ans vaincra l'injure.
Ainsi VVAL, qui tantost du Chantre Calabrois,
Tantost d'Homere imite & l'esprit & la voix,
S'est acquis de laurier une double couronne.

      Et de RAPIN vivront les fleurs,
      Sans craindre l'Hyver ni l'Automne,
Tant son divin nectar en nourrit les couleurs.

Ainsi, docte la RUE, une immortelle gloire
Suivra les vers divins que ta Muse a polis,
Honorant ton grand Roy, quand sur les bords du
   Lis
Sa bonté suspendit le cours de sa victoire.
FRIZON, futur amour de la posterité,
Ton nom jamais des ans ne sera limité :
Et je suivray de prés la fureur qui t'entraîne.

      Nous ne voulons point d'autre prix,
      Chantant les BOURBONS & TURENE,
Que l'honneur, qui de l'or fait un noble mépris.

AD
CAR. PERALTUM.

Quod Latini Poëtæ non sint in honore apud Aulicos.

ELEGIA.

AFFER opem PERALTE, *meos ne despice questus,*
    Obruitur quantis noster Apollo malis!
Descrimur! Latiosque premit nox alta Poetas,
    Nullus honos Latiis, gratia nulla modis.
Arentes jam sponte cadunt de vertice lauri:
    Et despecta nimis plectra canoræ silent.
Scilicet Ausonios manet hæc fortuna Poetas,
    Inclita sic virtus præmia digna refert.
Divini deinceps morietur musa RAPINI,
    Et jam, COMMIRI, *tuque* RUÆE *siles.*
Hi tamen hi Vates manifesto numine pleni,
    Quo tu fonte bibis, hoc quoque fonte bibunt.
Per nos, dicam etenim, Reges & prælia Regum,
    Per nos Posteritas erudienda leget.
Fors etiam è nostro veniet tibi carmine nomen,
    Qui das præclaris Artibus unde vigent.

TRADUCTION

De l'Elegie Latine de Monſieur Santeüil,
Chanoine Regulier de Saint Victor,
addreſſée à Monſieur Perrault.

ELEGIE.

Perrault, aſſiſte nous, écoute nos douleurs:
Plain de noſtre Apollon les injuſtes malheurs.
Nous ſommes delaiſſez ; & les Latines Muſes
Sans eſpoir de ſecours ſont triſtes & confuſes.
De nos fronts les lauriers tombent ſecs & flétris.
Et nos luts ſont muets, ſans honneur & ſans prix.
O ! fortune envieuſe, eſt-ce ainſi que tu traites
Ceux que Rome connoiſt pour ſes ſacrez Poëtes?
Quoy donc ainſi mourra la Muſe de RAPIN ?
Et COMMIRE & la RUE auront la meſme fin,
Bien que du grand Phœbus leur Muſe toute
    pleine,
Vienne boire avec toy dans la meſme fontaine.
Toutefois nous chantons les combats & les Rois.
Les ſiecles à venir nous liront quelquefois.
Et toûjours dans nos chants durera ta memoire,
Toy qui donnes aux arts & la vie & la gloire.

Mais pourquoy me servir d'un langage étranger,
Et des mots que les vers ont peine à bien ranger?
Les Poëtes François par leur douceur enchantent,
Et les jeunes beautez les goustent & les vantent.
Climene y lit les feux dont son cœur est brûlé;
Le poison avec joye est par elle avalé.
Elle passe les nuits à les lire & relire.
Elle aime ses amours dans les vers qu'elle admire.
C'est un rare secret que de plaire aux Beautez.
A tous plaisent les vers qui d'elles sont vantez.
Que pourront esperer nos travaux & nos veilles,
Si pour les vers latins la Cour n'a point d'oreilles?
Jadis Athenes, Rome, à tous donnoient les loix,
Leurs Chantres en leurs jours firēt aimer leurs voix.
Helas! ce temps n'est plus. O ! travail miserable,
Si la France à ma Muse est si peu favorable !
Que celuy-là me fit un funeste destin,
Qui m'apprit, pour chanter, le Grec & le Latin,
Qui m'enseigna cet Art qui nous fait mille peines
A captiver des mots sous des regles certaines.
  De toy, Phœbus trompeur, je sçauray me vanger,
Et des Muses que flatte un langage étranger.
Je brûleray mes vers, puisque souvent un pere
Sur ses propres enfans irrite sa colere.

Sed quid ego attollo peregrina murmura lingua ?
   Atque incompositis carmina fracta sonis.
Oblectant Galli mira dulcedine Vates,
   Et versus blandos blanda puella legit,
Illa quidem cœcos, quibus uritur, audit amores,
   Quæ sitiit longùm blanda venena bibit.
Hos legit, hos relegit vel seri ad luminis ignes,
   Perditaque, hos versus dum meditatur, amat.
Profuerit semper teneris placuisse puellis,
   Omnibus hæc, solis quæ placuere, placent.
Et nos Ausonii per carmina quærere nomen
   Pergimus ! Ausonios non legit Aula modos.
Olim Roma fuit, celebresque fuistis Athenæ,
   Temporibus Vates hi placuére suis.
O nimium infelix alieno tempore Vates !
   Carmina quæ scribo mobilis aura rapit.
Barbarus ille fuit, qui me prior ore Pelasgo,
   Qui me Romano compulit ore loqui.
Certis qui docuit sub legibus, ordine certo,
   Libera captivis cogere verba sonis.
Non impune tamen Latius me fallet Apollo,
   Dediscet fastus Musa Latina suos.
Sævire in natos licuit quandoque parenti,
   Ipse ego sic versus dilacerabo meos.

Fruſtra Pierides, fruſtra prohibetis Amici,
  Protinùs in flammas ibit & ille Liber.
Ille Liber, docta quem cœlavêre Sorores,
  Quem PERALTE *legis, quemque legendo probas.*
Quid mihi tot ſoles, tam longas ducere noctes
  Profuit, & curis me cruciaſſe meis?
Si non inde datur COLBERTI *agnoſcere vultus,*
  Tangere nec pura limina ſacra domûs.
Ille rigat patrias Parnaſſi in vertice lauros,
  O utinam in Latias vel levis unda cadat !
Aſpiceres lætos inopino munere Vates,
  Eruere è tenebris ſcripta ſepulta ſuis.
Scripſimus, & noſtri ſuperant monumenta laboris.
  Optima pars noſtri carminis ille Liber.
Hunc lege, noſtra tuam tangant ſi carmina mentem,
  COLBERTO *dicas, Ille Poeta fuit.*
Addas meque novos titulis inſcribere fontes,
  Fontibus his proprias meque dicaſſe Deas.
Multa reluctantem captivo in littore Rhenum,
  Et truncum ſub aquis occuluiſſe caput.
Me domitos ceciniſſe novo ſub Cæſare fluctus,
  Et profugas inter ferea caſtra Deas.
Hic ille eſt, dicas, qui jam celebrata per Vrbem
  Auſoniâ cecinit Regia dona tubâ.

Laiſſez,

Laiſſez, Muſes, laiſſez, achever leur deſtin,
On verra dans les feux ce volume Latin,
Ce livre que des Sœurs la docte bande avoüe,
Ce meſme livre enfin que PERRAULT lit & loüe.
Car que me ſerviront tant d'ouvrages produits,
Tant de travaux ſoufferts & les jours & les nuits,
Si par eux à COLBERT je ne rends mon hommage,
Si par eux juſqu'à luy je ne m'ouvre un paſſage ?
C'eſt luy qui ſur Parnaſſe arroſe les lauriers
De ceux que dans ſa langue on conte les premiers.
C'eſt luy de qui les eaux rendẽt leur champ fertile.
Qu'au moins ſur les Latins une goutte en diſtile.
Du don inopiné nos Poëtes ſurpris,
Feront de l'ombre au jour ſortir tous leurs écrits.
 · Perrault, j'ay fait ſonner la trompette & la lyre.
Nos chants les mieux choiſis icy ſe peuvent lire.
Lis donc, & ſi nos vers te peuvent contenter,
A COLBERT dy le rang que j'ay pû meriter.
Dy que de noms nouveaux, de Deïtez certaines,
J'honore dans Paris les publiques fontaines.
Que j'ay chanté Loüis, & le Rhin mutiné,
Cachant ſous l'eau l'affront de ſon chef écorné,
Dont ce nouveau Ceſar enſanglanta les rives,
Et vid devant ſon camp les Nymphes fugitives.

B

Dy luy que c'eſt l'Autheur qui d'héroïques tons,
Du grand Roy dans Paris a celebré les dons.
Dy luy que dés long-temps mes œuvres ſe font lire.
Enfin dy tous les mots que l'amitié fait dire.
Cherche, pour l'aborder, les tẽps propres & doux,
Et ſon rare loiſir, pour luy parler de nous.
Dy luy que je dépeins, & de luſtres en luſtres,
Entre tous les François les hommes plus illuſtres:
En quoy dans ſes emplois chacun ſceut exceller.
Dy qu'en un tel ouvrage on peut ſe ſignaler.
Entre les renommez, mon Apollon m'engage
A décrire les dons qui furent ton partage.
De COLBERT le tableau ſur tous ſe fera voir,
Donnant les juſtes loix aux troupes du Sçavoir.
Les feconds Orateurs, & les Vers, & l'Hiſtoire,
Et les Arts, juſqu'au Ciel éleveront ſa gloire.
O! que n'ay-je pour luy cent bouches & cent voix,
Je voudrois qu'Apollon les fit bruire à la fois.
S'il ne fait à mes vœux l'acciieil que je ſouhaite,
Je rompray de courroux ma lire & ma trompette.

Addes SANTOLII *non olim ignobile nomen,*
  Et dices quidquid dicere suadet amor.
Si tibi jam facilem COLBERTUS *præbeat aurem,*
  Molles quare aditus dexter , & affer opem.
Scribere me celebres , quos ambitiosa Vetustas
  Et quos ostentat Gallia docta , Viros.
Et qua quisque sua Princeps excelluit arte,
  Dicas Ausonii nobile Vatis opus.
Quos inter, PERALTE, *meus jam gestit Apollo*
  Scribere Te , atque tuas pandere mentis opes.
Longe omnes supra COLBERTI *major imago*
  Gaudebit doctis dicere jura choris.
Illum pulchræ Artes, Illum cultique Poetæ,
  Magni Oratores tunc super astra ferent.
O mihi contingant centum linguæ , oræque centum;
  Omnis Apollineus proluat ora liquor.
Si me difficilis vultu minus aspicit æquo,
  Iratâ frangam plectra tubamque manu.

EPISTRE,

A MONSIEUR PERRAULT,

Pour réponse aux Poëtes Latins.

Vers Dithyrambiques.

VIen deffendre, PERRAULT, la France qui
  t'appelle.
Vien combattre avec moy cette troupe rebelle,
Ce ramas d'ennemis, qui foibles & mutins
Preferent à nos chants les ouvrages Latins.
Ne souffrons point l'excés de leur audace injuste,
Qui sur le grand Loüis veut élever Auguste.
Mais pourquoy tant de haine, & de dépit jaloux?
Nous ne parlons point d'eux, pourquoy parler de
  nous?
Leurs écrits empoullez nous font de folles guerres.
Mesme ils ont pretendu nous battre sur nos terres.
Dans le College seul leurs livres sont aimez.
Et par tout l'Univers nos chants sont renommez.

Mais la fureur me prend : l'injure est trop cruelle.
Je veux choisir un vers vangeur de la querelle,
Un vers libre & fougueux, qui de pas inégaux
   S'écarte par bonds & par sauts,
Qui frappe, & qui par tout, sans ordre & sans me-
 sure,
    Se fait une ouverture.
   Sur ces doctes presomptueux,
    Je vay lancer le Dithyrambe,
    Ce vers impetueux,
Comme Archiloque arma contre Lycambe
    Les fureurs de l'ïambe.
La fierté de l'Ecole a gasté ces esprits,
Amans trop obstinez de la langue Latine,
Qui toûjours attachez sur les mesmes écrits,
Ne s'éloignent jamais de leur vieille routine;
   Qui n'aspirant qu'au rang d'imitateurs,
Ne peuvent s'élever plus haut que leurs Autheurs.
Pauvres imitateurs, ne faites point les braves,
Puis qu'Horace vous nomme un vil troûpeau d'es-
 claves.
Trop indignes sujets du plus digne des Rois,
Copistes des Latins, vous embrassez leurs loix.
   Vous méprisez vostre natale terre :
      B iij

Vous faites à sa langue une mortelle guerre :
Vous dédaignez les chants de nos feconds efprits,
Formez fur le bon gouft qui feul donne le prix.
Et vous fi dévoïiez à des regles divines,
Attachez dans un Cloiftre à des devoirs fi faints,
Vous penfez à la fable , à tous fes contes vains,
A reclamer Phebus, & les Mufes Latines.
  Vous leur donnez & les nuits & les jours,
   Sans ceffe appellant leur fecours :
Vous ne ceffez d'emprunter la richeffe,
Les honteufes erreurs , les noms des Dieux divers
   De Rome & de la Grece,
   Pour en orner vos vers.
Qu'on vous ofte Apollon , les Mufes , le Parnaffe,
Et les heureux lambeaux de Virgile & d'Horace,
Vous voilà fecs , mourans , fur la vafe couchez,
Comme font les poiffons des étangs deffechez.
Vous faites vanité de vivre fans courage,
   D'une langue morte amoureux,
Dans voftre païs propre étrangers mal-heureux,
Sans jamais de la France honorer le langage.
  Tu fçais, PERRAVLT, qu'Horace eut le defir
De faire des vers Grecs dans fon jeune loifir.
Il fut , dit-il , en fonge averty par Romule,

Que d'honorer la Grece il feroit ridicule.

Que de fa langue propre il relevaft le prix.

Quel rang parmy les Grecs auroient eu fes écrits?

Nous qui d'inventions ayant nos fources pleines,

Dêdaignons de puifer aux antiques fontaines.

Nous parlons un langage & plus noble & plus beau

   Que le trifte Latin qu'on tire du tombeau.

Sans l'aide ny des Dieux, ny des Metamorphofes,

Ny de tout le ramas des celebres écrits,

   Toûjours par de nouvelles chofes

    Nous charmons les efprits.

Dans leur malheur ce qui plus les offenfe,

Eft de voir que COLBERT, infenfible à leurs vœux,

   N'a pas affez d'amour pour eux,

Et femble à leurs travaux refufer l'efperance.

Ses foins dans cet Etat veillent de toutes parts,

Pour accroiftre l'honneur des lettres & des arts,

   Des vers , & du langage,

Voyant que de Loïis les glorieux deftins

   Ont à fon regne accordé l'avantage

   Sur les ouvrages des Latins.

Ce grand Loïis, dont la bouche éloquente,

Où la douceur fe mefle avec la majefté,

N'a rien de fuperflu, d'obfcur, ny d'affecté,

     . B iiij

'Aime fa langue pure, & fa troupe fçavante,

 Qui pour fa gloire en formera des fons,

Et pour tout l'Univers en fera des leçons.

 Cependant l'Ode injurieufe

 D'un Latin fuperbe & jaloux,

Traite avec un excez de haine furieufe

Un langage fi noble, & fi fort, & fi doux,

Qui pour produire au jour une rare merveille,

Bannit tout ce qui bleffe ou l'efprit, ou l'oreille;

Toûjours dans la douceur par la force affermy,

Et de toute licence implacable ennemy.

Il n'eft jamais, dit-il, en une affiete ferme.

Il n'eft point affuré de phraze, ny de terme,

Et l'ufage infolent fans ceffe peut changer.

La langue, au temps d'Horace eftoit dans ce dan-

 ger.

-- Mais quand les efprits, les courages,

En tout genre ont produit les plus parfaits ouvrages,

On peut bien fe vanter ainfi qu'il s'eft vanté,

Et comme luy pretendre à l'immortalité:

C'eft alors que la langue eft à fon point fupreme,

Comme fut le Latin du temps d'Horace mefme.

Ronfard ne corrompit fon genie élevé,

 Qu'en imitant les enflures antiques.

Sans les mots compofez qu'il croyoit magnifiques;
    Son vers feroit plus achevé.
Ce n'eft pas pour les mots rejettez par l'ufage,
    Que l'on neglige fon ouvrage.
    Par le fiecle il n'eft rebuté,
    Que pour avoir trop imité
L'effort embarraffé que nos Latins imitent,
    Et par qui dans l'obfcurité
    A toute heure ils fe precipitent.
Les graces de Marot, celles de Saint Gelais,
    Ne s'éteindront jamais.
    Car c'eft par le rare genie,
Et non par les rigueurs d'une exacte harmonie
    Que les vers ont l'éternité.
L'efprit, plus que les mots, fait leur rare beauté.
Le * Mantoïian fe joüie, & fe fait un merite
    Par les vieux mots qu'il reffufcite.
Un genie affuré de vaincre le trépas,
    Fait des termes s'il n'en a pas.
La rare invention inconnuë aux efcoles,
    Luy donne droit d'inventer des paroles.
De l'envie & des ans il furmonte les flots.
Qui maîtrife les arts, peut maîtrifer les mots.
Le vers tient du genie & fa force & fes charmes.
    * Virgile.

,Tout païs a fa langue , & fes mœurs, & fes loix;

    Le divers accent de la voix,

L'art divers de combattre , & les diverfes armes.

Les peuples fous des Rois ou lâches, ou vaillans,

Furent tantoft domtez , & tantoft affaillans.

    Sous divers Chefs , Rome & Cartage

Eurent tantoft la honte & tantoft l'avantage.

    Auffi tout ouvrage a fon prix,

Non des termes divers , mais des divers efprits.

Le feul genie a fait en Horace , en Virgile,

Ce que ne firent pas Ennius, ny Lucile.

Un peuple a pour un temps & l'empire & les mots.

Rome & fa langue enfin tomberent fous les Gots.

Mais noftre langue regne, & doit eftre immortelle.

Nos Rois font protecteurs de l'Eglife éternelle.

    Cet eftat & nos vers

Dureront avec elle autant que l'Univers.

Les modernes Latins ont pour toute leur gloire

    Une riche memoire.

    S'ils font un effort quelquefois,

    Ils inventent pour toute chofe

    Une metamorphofe.

Ovide leur en prefte & l'exemple & les loix:

Et leur Mufe en repos n'eftant jamais éprife

De la boüillante ardeur d'une haute entreprise,
Ils condamnent la langue & l'esprit des François.
  Mais dans quelle fureur, Commire, tu
    t'emportes,
Quand du nom de *grossier* ton chant traite Des-
    portes,
Dont le langage pur vaut encore un grand prix,
Et ne meritoit pas ton injuste mépris?
On aimera toûjours la memoire charmante
Et de son Rodomont, & de sa Bradamante.
Mais jaloux de sa veine, ou de son revenu,
Tu veux que l'on souscrive à ton sens prevenu.
  Oses-tu bien encor dire que de Malherbe
On ne lit plus le vers si doux & si superbe,
De Malherbe dont l'art nous apprit à chanter
    Avec pompe, avec élegance,
Sans affecter la docte extravagance,
    Et que tu devois respecter?
On le lira toûjours, on voudra l'imiter.
De Balzac l'éloquence & si noble & si pure,
    Charmera toûjours l'avenir:
Et jamais par les ans les graces de Voiture
    Ne pourront se ternir.
  Mais comment oses-tu, Commire,

Faire d'une Ode une Satyre?

Sans respect pour ton Souverain,

Qui répand sur son siecle un éclat qu'on admire,

Tu l'appelles un Siecle vain,

Ce Siecle, où par les grands Genies

Pour les armes & pour les arts,

Les lumieres seront ternies

Dont brillerent les temps des Grecs & des Cesars.

Mais quelle est voftre ingratitude,

Latins, parmy vos vanitez?

Sans les traductions, comment seroient vantez

Les fruits de voftre eftude?

Toutefois Du Pernier, auffi Latin que vous,

Dont le françois vous sert d'un truchement si doux,

Eprouve indignement voftre mépris superbe,

Depuis qu'il a quitté Virgile pour Malherbe.

Maintenant ingrats, inhumains,

Vous ne le côptez plus dans le rang des Romains.

Vous vous plaignez de la Cour & des Belles,

Et de n'eftre jamais chantez dans les rüelles.

En vain vous en eftes jaloux.

Affez brillent en elles

Les graces naturelles.

Elles n'ont pas befoin du Latin ny de vous.

Pour chanter de Loüis la gloire triomphante,
    Dont tous les peuples sont surpris,
    Il faut une langue vivante,
    Intelligible à tous esprits:
Non une langue éteinte, embarrassée, obscure,
Qui dans le seul college a son cours passager,
    Qui n'a point une force pure,
Et qui montre toûjours son desordre étranger.
Contre les vains efforts de la troupe servile,
    Perrault, arme avec moy ton stile,
    Join ta voix à ma voix.
    A mon lut accorde ta lire.
Publions en tous lieux ou s'étend cet empire,
La force & la beauté des ouvrages François.
Du siecle de Loüis celebrons l'avantage;
Et malgré les Latins dont l'orgueil nous outrage,
Faisons que l'Univers admire les accords
De nos inventions avec nostre langage,
Qui doit estre vainqueur du langage des morts.

FIN

Extrait du Privilege du Roy.

PAr grace & Privilege du Roy, donné à Ver-
failles le 25. Juillet 1674. figné N o b l e t,
il eſt permis à C l a u d e A u d i n e t, Impri-
meur-Libraire à Paris, d'imprimer un Livre inti-
tulé : *La Deffenſe de la Poëſie, & de la Langue
Françoiſe* : & ce pendant le temps de dix années,
à commencer du jour que ledit Livre ſera achevé
d'Imprimer pour la premiere fois, & deffenſes
ſont faites à toutes perſonnes de quelque qualité
& condition qu'elles ſoient, d'imprimer, vendre
& debiter ledit Livre ſans le conſentement de l'Ex-
poſant, à peine de confiſcation des Exemplaires
contréfaits, de trois mille livres d'amande, & de
tous dépens, dommages & intereſts, ainſi qu'il eſt
plus amplement porté par ledit Privilege,

Et ledit Sieur Audinet a aſſocié à ſon droit de
Privilege, Nicolas le Gras, Marchand Libraire
à Paris, pour en joüir conjointement ſuivant l'ac-
cord fait entr'eux.

Regiſtré ſur le Livre de la Communauté le 11.
Aouſt 1674. *Signé,* T h i e r r y, Sindic.

Achevé d'Imprimer pour la premiere fois le 4. Février,
1675.

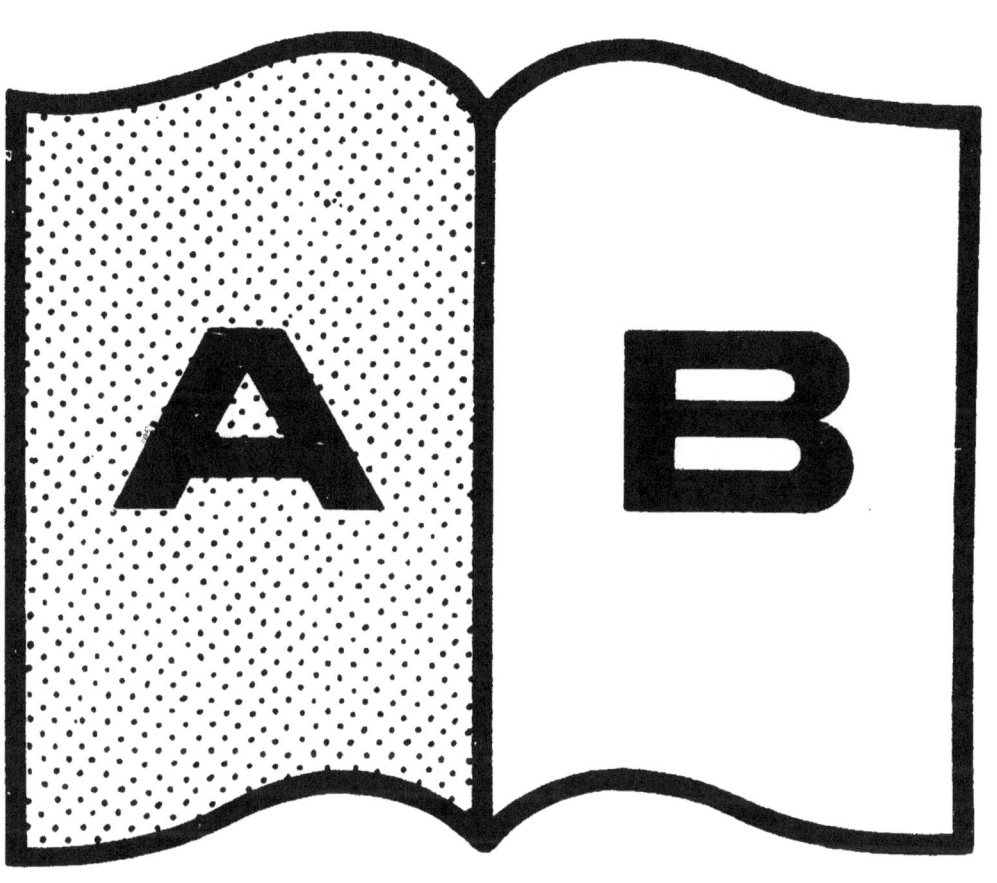

Contraste insuffisant

NF Z 43-120-14